LES TROP SUPER

TROP SUPER TROP SUPER TROP SUPER TROP SUPER
SUPER TROP SUPER TROP SUPER TROP SUPER TROP
TROP SUPER TROP SUPER TROP SUPER TROP SUPER
SUPER TROP SUPER TROP SUPER TROP SUPER TROP
TROP SUPER TROP SUPER TROP SUPER TROP SUPER
SUPER TROP SUPER TROP SUPER TROP SUPER TROP
TROP SUPER TROP SUPER TROP SUPER TROP SUPER
SUPER TROP SUPER TROP SUPER TROP SUPER TROP
TROP SUPER TROP SUPER TROP SUPER TROP SUPER
SUPER TROP SUPER TROP SUPER TROP SUPER TROP
TROP SUPER TROP SUPER TROP SUPER TROP SUPER
SUPER TROP SUPER TROP SUPER TROP SUPER TROP
TROP SUPER TROP SUPER TROP SUPER TROP SUPER
SUPER TROP SUPER TROP SUPER TROP SUPER TROP
TROP SUPER TROP SUPER TROP SUPER TROP SUPER
SUPER TROP SUPER TROP SUPER TROP SUPER TROP
TROP SUPER TROP SUPER TROP SUPER TROP SUPER
SUPER TROP SUPER TROP SUPER TROP SUPER TROP
TROP SUPER TROP SUPER TROP SUPER TROP SUPER
SUPER TROP SUPER TROP SUPER TROP SUPER TROP
TROP SUPER TROP SUPER TROP SUPER TROP SUPER
SUPER TROP SUPER TROP SUPER TROP SUPER TROP

LES TROP SUPER

MORSE ATTACK

Henri Meunier Nathalie Choux

ACTES SUD JUNIOR • BD

Outch, elle n'est pas chaude, l'eau !
En plus, il y a des algues partout. J'aime pas les algues.

Quelle bande de ralous !
PFFFF, vous, les garçons, vous avez toujours les chocottes de tout.

T'exagères, Louisa, j'ai pas les chocottes, moi. Je suis même chaud-chaud pour la baignade !
Le dernier à l'eau est le roi des nouilles !

OOUAIIIIIIIIS !
Aaaaaah !
Moi, j'adore les nouilles. C'est bon, les nouilles.

Brrrr !
Ouille !
Outch !
Aïe !

Pardon de vous contredire, monsieur, mais on n'est pas des lapins !

Tous les animaux non polaires sont menacés par votre revanche aveugle. Vous êtes bête comme un homme, vous !
Homme bâté, va ! En plus, la maîtresse nous dit toujours que la vengeance n'est jamais une bonne solution, monsieur Ta-ra-ta-ta.

Ha ha ha. Je vais en faire du sorbet, de votre maîtresse. Stop.
Nous ne vous laisserons pas sorbetiser la maîtresse ! Mais d'abord, filons nous mettre au chaud. Tu t'enrhumes, Balbir, et moi, je tombe en hibernation ! Au QG, et vit... Rzzzzzz.

…VOILÀ UNE BISSION… ATCHOUM, POUR LES

TROP SUBER

RENIFFFF !

D'abord réchauffer Brudo pour lui permettre de se rébeiller, qu'il bette la chaudière de sa carabace en barche. Vite...

Allô Brudo, Suber Digre à l'abbareil, tu be reçois ?
1, 2, 3, tu be reçois, atchoum !

Hé bé, il a l'hibernation lourde, le bourricot !
Allô Brudo, Brudo !

Empêch-bzzzzz-dégag-bzzzzz-coinc…
Brudo, hourra ! Je t'endends bal, mon ami ! Tu es sous un tunnel ?

Couvert-bzzzzz-balourd-bzzzzz-imposs-boug-bzzzzz…
Comment… Quoi… Barle blus fort… Tu es coincé ? Sous les coubertures ? Je t'embêche de sordir ! Oups…

PFFFF, la vache, c'est bouillant, là-dessous. J'ai cru que j'allais mourir de chaud ! Tiens, Super, j'ai ramené des mouchoirs de ma carapace !
Berci !

Bon, il est temps de basser à l'action, maintenant. Comment piéger cette esbèce d'araignée géante ? Tu as une idée, Flash ?
Ben oui. On pourrait l'ensevelir sous des couvertures. C'est bigrement efficace, comme piège !

Hum, nous n'avons bas assez de couberdures.
Dobbage.
Sinon, il y a aussi ma stratégie favorite : on fonce dans le tas et, **pif paf, la bagarre.**
Ouaaaais, c'est balin, ça. Tu as doujours de bonnes idées, Flash ! On devrait l'addaquer aux battes. Une fois, j'ai vu bon petit cousin arracher les battes d'une bauvre araignée. C'édait méchant bais l'araignée n'avançait blus dellement, après !

Le voilà. Ta-ta-ti-ti est en train de surgeler le village.
À l'attaque, et à fond la neige !

Ti-ti-ti-ti le Morse, arrête tes bêdises et rends-doi !
Je prends sa jambe gauche, Super.
Occupe-toi de ses sept jambes droites !

Ha ha ha. Vous m'amusez. Allez donc faire un tour dans ce bassin, voir si l'eau est bonne. Stop.
Aïe, c'est pas drès bon bour mon rhube, ça !

Voilà de quoi vous rafraîchir les idées, mes lapins ! Stop.
ON N'EST PAS DES LAPINS !

Je vous laisse, j'ai une ou deux banquises à faire !
Nous voilà complétement prisonniers des glaces !
Pas pour longtemps. J'ai poussé à fond le thermostat de ma chaudière, la glace va bientôt fondre autour de ma carapace. En attendant, admire un peu les montgolfières. C'est beau, non ?

C'est beau, oui. Mais ça ne va bas dous aider à ratatiner Ta-tati-ta-tata.
Ben si, peut-être ! Souviens-toi de la bataille d'eau au centre aéré !

Avec des ballons remplis d'eau, on était trempés d'un seul coup !
Oui, de la tête aux pieds.

Précisément : jusqu'aux pieds ! Alors imagine que Tir-la-dada reçoive une bombe à eau géante sur la tête. Ses pattes gèleront instantanément toute cette eau et il se retrouvera prisonnier des glaces, comme nous tout à l'heure !
Super idée, Flash. Allons remplir ces montgolfières d'eau et jetons-les sur ce dangereux revanchard.

PEU APRÈS...
Encore mille ou deux mille litres et ce sera parfait, Flash.

OK, patron !
Plus qu'à foncer !

PFFF, je ne me souvenais pas que c'était si lourd, les bombes à eau.
Boi non blus, c'est étrange. Tu vois Té-ra-pla-pla ?
Il est là-bas !

Hé, tête de phoque !
Voilà bour toi.
Qui ose me traiter de phoque ?
Deux petits lapins !

Ha ! Soyez maudits !

Ooohhh ! Comme c'est joli !
Oui, mais ça va finir par fondre. Démontons les pattes de cette machine infernale pour empêcher Tir-li-bi-bi de tout transformer en glaçon.
Ne touchez pas à ma machine et délivrez-moi, bande de tortugres !

J'emporte ce bouquet de pattes loin de lui. Ligote Ta-dac-ta-toum !
Ahh, je vous préviens, je me vengerai !
Eh bien flûte alors, c'est une obsession chez vous, la vengeance.

Attention, c'est un peu glissant.

Outch !

Bonsieur, ça va ?
Plaît-il, petit tigron masqué ?
Oooohh, des fleurs.

Il est tombé drop fort sur la tête, on dirait.
Oui, Ta-ta-yo-yo a complètement perdu la boule ! Il n'a plus l'air méchant du tout.
Seriez-vous assez gentils pour me ramener sur ma banquise ? Je crois que je suis un peu perdu.

Au fait, et si nous utilisions les pattes du Freezebuzz3000 pour reconstituer la banquise ? Voilà qui donnerait une meilleure chance de survie à tous les animaux polaires !
Bonne idée, Flash. Occupe-toi de regeler le pôle Sud. Je m'occupe du Nord.

J'en profite pour ramener Ta-pi-ta-po chez lui. On se retrouve à l'étang quand c'est fini.
OK ! Ça risque de nous prendre une heure ou deux, cette affaire-là.
PFFFF, il faut toujours que tu prennes ton temps pour sauver le monde, Flash !

AU SUD.
Voilà, j'ai disposé des appareils aux quatre coins du cercle polaire. La banquise sera bientôt comme neuve.
Merci, les Trop Super. Nous ne vous oublierons jamais.

AU NORD.
Tout est emballé-regelé ! Les appareils sont à vous, commandant. Faites-en bon usage.
Le troisième régiment du pôle vous remercie, mon petit.
Quelqu'un veut une tisane ? Je vais en faire.

62 MINUTES PLUS TARD...
Oui, c'est ça, Ti-ta-ta-ti. C'est bon, Balbir, j'ai réussi à le dire correctement. Eh ben, on a beau dire, c'est pas facile, le morse !
Au fait, tu as rudement bien fait de garder une patte du Freezebuzz3000. C'est chouette aussi de faire du patin à glace en été. On fait un match de hockey ?
Outch, elle n'est pas chaude, la glace !